AW

Adelhard Winzer, geboren in Karlshuld/Bayern, verbrachte die ersten Kinderjahre auf dem Bauernhof seines Onkels, Mitbegründer verschiedener Bands, Reisen durch Europa, Kinderbuchveröffentlichung „Andreas", Georg Lentz Verlag, München, Bankangestellter, Bankkaufmann, intensive Schreib- und Zeichentätigkeit, Ausstellungen in Neuburg an der Donau, München und Umgebung, zwei Stücke im Cantus Theaterverlag, Eschach: „Krethi und Plethi" – „Das Korkenspiel", weitere Buchveröffentlichungen: „Die Sprachgrenze" – „Lügengeschichten" – „Stockholm Blues" – „Hundert Zeichnungen" – „Grundsätze über die Kunst" – „Andreas (Reprint)" – „33 Computer-Zeichnungen" – „Venedig, von hier aus" – „Der Pensionist" – „Italienische Skizzen" – „Die kürzeste Liebesgeschichte der Welt" – „Die Kunst des Drachentötens" – „Lieblose Zeiten", BoD – Books on Demand, Norderstedt, lebt im Chiemgau.

ADELHARD WINZER
LIEBES, BÖSES KIND
Drama

Bibliografische Information der
Deutschen Nationalbibliothek: Die Deutsche
Nationalbibliothek verzeichnet diese Publikation
in der Deutschen Nationalbibliografie. Detaillierte
bibliografische Daten sind im Internet über
http://dnb.dnb.de abrufbar.

Herstellung und Verlag:
BoD – Books on Demand, Norderstedt
Umschlagzeichnung:
Adelhard Winzer

ISBN 978-3-751976794

LIEBES, BÖSES KIND

Personen

SOLDAT
PASSANT (ZWEITES ICH DES SOLDATEN)
KELLNER
MARTIN
BARDAME (BLOND)
ANIMIERDAME (SCHWARZHAARIG)
ANIMIERDAME (ROTHAARIG)
CHEFIN
MARIA
FRIEDHOFSBESUCHER
FRIEDHOFSPFLEGER

Ein Soldat kommt von einem Einsatz zurück, der ihn die beste Zeit des Lebens gekostet hat. Er besucht das Oktoberfest. Trifft sein zweites Ich. Begegnet unerwartet einem Freund, der ihm ein Geschäft vorschlägt. Findet sich in einem Separee wieder. Besucht seine Schwester. Kehrt endgültig nach Hause zurück.

Bevor das Stück beginnt, stimmt ein Schauspieler hinter geschlossenem Vorhang die Melodie von „The Ballad of the Green Berets "an. Unsicher und gebrochen, als würde er nebenbei noch etwas anderes machen.

LITTLE OKTOBERFEST

Ein Tag nach dem Oktoberfest. Leeres Bierzelt mit schmutzigen Biertischen und Bänken. Volksfestversatzstücke. Helles Bühnenlicht. Hinter der hochgeschlagenen Bierzeltplane ist die Bavaria zu erkennen. SOLDAT, in undefinierbarer Uniform und mit Rucksack, sitzt vornübergebeugt an einem Tisch.

SOLDAT *sich langsam aufrichtend* Ihr Schweine!

Zieht ein Foto aus seiner Uniformjacke, auf dem eine Frau zu erkennen ist.

Legt das Foto auf den Tisch, betrachtet es lange.

SOLDAT Wo bist du?

Geräusch im Hintergrund, als würden Stühle umfallen.

SOLDAT springt auf, reißt eine Maschinenpistole aus seinem Rucksack.

Zielt auf einen imaginären Feind.

SOLDAT *zu sich selbst* Idiot –

Setzt sich wieder.

SOLDAT warum bist du zurückgekehrt?

Legt die Maschinenpistole auf den Tisch.

SOLDAT Blödmann!

Zieht ein Paar in Plastik verpackte Arbeitshandschuhe aus dem Rucksack.

SOLDAT Für wen hast du die geklaut?

Zerreißt die Plastikfolie.

Entfernt einen Karton, auf dem eine Gebrauchsanweisung steht.

Legt die Handschuhe vor sich hin.

SOLDAT *im Befehlston* Links!

Hebt beide Handschuhe in die Höhe.

SOLDAT Rechts!

Steht auf.

Probiert einen Handschuh an.

Dreht sich um.

Macht eine schnelle Boxbewegung.

Zieht den Handschuh wieder aus.

Schnuppert an seiner Hand.

SOLDAT *abwertend* Arschloch.

Hustet lautstark.

Verstaut die Handschuhe im Rucksack, und setzt sich.

Betrachtet wieder das Foto.

Fängt zu erzählen an.

SOLDAT Gestern kam ich an einer Kirche vorbei –

Stille.

SOLDAT da hat ein Chor gesungen.

Stille.

SOLDAT Ich bin hineingegangen.

Stille.

SOLDAT Hab mich hingekniet –

Stille.

SOLDAT und plötzlich zu weinen angefangen.

Stille.

SOLDAT Da kam ein Sänger auf mich zu und sagte:

Stille.

SOLDAT Was wollen Sie hier?

Stille.

SOLDAT Woher kommen Sie!

Stille.

SOLDAT Gehört Euch vielleicht Gott allein – habe ich gefragt.

Stille.

SOLDAT Mit Gott hat das nichts zu tun, meinte er, wir haben hier eine Generalprobe.

Stille.

SOLDAT Hat es Ihnen gefallen?, fragte eine Sängerin.

Stille.

SOLDAT Daraufhin habe ich ihnen einen Vortrag gehalten.

Stille.

SOLDAT Ich weiß nicht, warum.

Stille.

SOLDAT Warum –

Stille.

SOLDAT muss man immer wissen warum?!

Stille.

SOLDAT Sie haben mich angeschaut wie einen Aussätzigen.

Stille.

SOLDAT Dabei habe ich als Kind so viel Liebe in mir gehabt.

Stille.

SOLDAT Mich gefreut über das Schöne im Leben!

Stille.

SOLDAT Ich wollte lieb sein.

Stille.

SOLDAT Lieb –

Stille.

SOLDAT habe ich gesagt.

Stille.

SOLDAT Aber meine Liebe wollten sie
nicht.

Stille.

SOLDAT Ich wurde immer nur abgelehnt.

Stille.

SOLDAT Und der Chor hat mich ausgelacht.

Stille.

SOLDAT Man muss seine ganze Liebe geben,
haben sie gesagt.

Stille.

SOLDAT Aber das stimmt nicht –

Stille.

SOLDAT man muss alles verheimlichen.

Stille.

SOLDAT Verstecken,

Stille.

SOLDAT wie im Krieg, habe ich gesagt.

Stille.

SOLDAT Wenn du zu viel Liebe gibst –

Stille.

SOLDAT nehmen dich die Leute nicht ernst.

Stille.

SOLDAT Liebe ist ein Fremdwort.

Stille.

SOLDAT Liebe schreibt man ganz anders!

Stille.

SOLDAT Dabei habe ich so gerne gelacht als Kind.

Stille.

SOLDAT Aber nicht so spöttisch wie die Erwachsenen.

Stille.

SOLDAT Blasmusik –

Stille.

SOLDAT ich weiß nicht, warum ich plötzlich an Blasmusik denken muss.

Stille.

SOLDAT Blasmusik haben sie gespielt.

Stille.

SOLDAT Im Radio.

Stille.

SOLDAT Jeden Sonntagvormittag.

Stille.

SOLDAT Das hat meinem Vater gefallen.

Stille.

SOLDAT Da war er nicht mehr der kleine Mann.

Stille.

SOLDAT Weil sich bei ihm alles um Geld gedreht hat.

Stille.

SOLDAT Hilfsarbeiter.

Stille.

SOLDAT Handlanger, haben die Leute gesagt.

Stille.

SOLDAT Weil er den Bauernhof aufgeben musste.

Stille.

SOLDAT Als gehörte er nicht mehr dazu!

Stille.

SOLDAT Ich habe ihn einmal besucht.

Stille.

SOLDAT Auf der Baustelle.

Stille.

SOLDAT Kurz vor Feierabend.

Stille.

SOLDAT Da hat er die Betonmischmaschine sauber gemacht.

Stille.

SOLDAT Und die Maurer haben gelacht.

Stille.

SOLDAT Herr Maschinist, haben sie gesagt.

Stille.

SOLDAT Als die Maschine schon sauber war.

Stille.

SOLDAT Herr Maschinist –

Stille.

SOLDAT noch eine Mischung!

Stille.

SOLDAT Obwohl sie keine Mischung mehr brauchten.

Stille.

SOLDAT Ich höre noch heute ihr dreckiges Lachen!

Stille.

SOLDAT Man braucht immer die andern –

Stille.

SOLDAT haben sie in der Kirche gesagt.

Stille.

SOLDAT Aber das stimmt nicht.

Stille.

SOLDAT Die andern gibt es gar nicht.

Stille.

SOLDAT Nur die leeren Flaschen schaffen es.

Stille.

SOLDAT Die voll sind bis zum Rand.

Stille.

SOLDAT Unordnung braucht eine Ordnung.

Stille.

SOLDAT Verzweiflung die Tat.

Stille.

SOLDAT Nie hat jemand zu mir gesagt:

Stille.

SOLDAT Ich hab dich lieb.

Stille.

SOLDAT Immer nur:

Stille.

SOLDAT Das kannst du nicht.

Stille.

SOLDAT Du doch nicht!

Stille.

SOLDAT Und alle Gegenstände wurden hart.

Stille.

SOLDAT Der Kreis zum Viereck.

Stille.

SOLDAT Die Nacht zum Tag.

Nimmt das Foto in die Hand.

SOLDAT In der Kirche hingen handgeschriebene Zettel an der Wand:

Stille.

SOLDAT „Maria, hilf mir, dass ich durch den Tag komme!"

Stille.

SOLDAT „Lieber Gott, hilf, dass ich zurückfinde zu mir!"

Stille.

SOLDAT „Maria, beschütze mein Kind!"

Legt das Foto wieder auf den Tisch.

SOLDAT Meine Mutter hat einmal eine
Münze in mein Taschentuch gebunden,
damit ich mir auf dem Kinderball was
kaufen konnte.

Stille.

SOLDAT Als ich dort ankam, hatten sich
die Cowboys und Indianer schon alle
umgebracht.

Stille.

SOLDAT Ihr Schweißgeruch, und die Hitze im
Saal!

Stille.

SOLDAT Da wollte ich mir was zu trinken
kaufen.

Stille.

SOLDAT Aber die Faschingsindianer haben mir
den Weg versperrt.

Stille.

21

SOLDAT Sie schubsten mich zur Seite, zerrten an meinem Taschentuch, bis die Münze auf den Boden fiel und unter den Girlanden verschwand.

Stille.

SOLDAT *mit geschlossenen Augen* Da hätte ich auch gerne eine Muttergottes gehabt –

Stille.

SOLDAT jemanden, der mich tröstet!

Stille.

SOLDAT Aber niemand war da.

Steht ruckartig auf.

SOLDAT Insolventer Familienkonzern bringt sein Privatvermögen in Sicherheit, und die Angestellten verlieren ihren Job!

Stille.

SOLDAT Kleinunternehmer klagt über die Internetkonkurrenz und beugt sich der Übermacht.

Stille.

SOLDAT Wörter einmal großgeschrieben –

Stille.

SOLDAT dann wieder klein.

Stille.

SOLDAT Milliardenverluste legal in den Sand gesetzt.

Stille.

SOLDAT Und die Leute glauben immer noch, die Schweine würden sich ändern!

Stille.

SOLDAT Eine ganz neue Art von Krieg ist das.

Betrachtet das Foto.

SOLDAT Krieg!

Greift nach der Maschinenpistole.

SOLDAT Krieg – Krieg!

Dreht sich im Kreis.

Geht in die Knie.

Macht eine Bewegung, als würde er alle niedermähen.

SOLDAT *lautstark* IHR SCHWEINE!

Vorhang.

SWEET LITTLE SIXTEEN

Terrasse vor einem Restaurant.
Schattenspendender Kastanienbaum.
Brunnengeplätscher. SOLDAT, mit Rucksack und
Maschinenpistole, sitzt an einem Tisch, neben
ihm ein PASSANT (gekleidet wie der SOLDAT,
aber weiß geschminkt). PASSANT betrachtet die
Maschinenpistole. SOLDAT blickt in die Runde.

SOLDAT Das Lokal kenne ich, hier war ich
schon mal.

Brunnengeplätscher.

PASSANT Ja.

Brunnengeplätscher.

PASSANT Trinken wir was?

Brunnengeplätscher.

SOLDAT *teilnahmslos* Trinken wir was.

Brunnengeplätscher.

PASSANT *näher an den SOLDATEN*
heranrückend Ich trinke Rotwein –

SOLDAT beginnt die Maschinenpistole zu
zerlegen.

PASSANT auch wenn er mich an Blut erinnert.

Brunnengeplätscher.

PASSANT *mit der Hand auf die Maschinenpistole deutend* Und wie viele Menschen hast du damit schon umgebracht?

Brunnengeplätscher.

PASSANT Oder sagt man getötet?

Brunnengeplätscher.

SOLDAT *die Einzelteile der Maschinenpistole in den Rucksack verstauend* Eine Stunde dauerte manchmal einen ganzen Tag.

Brunnengeplätscher.

SOLDAT Dann wieder nur eine Sekunde.

Brunnengeplätscher.

PASSANT Du hast meine Frage nicht beantwortet.

Brunnengeplätscher.

SOLDAT Ich wäre ein schlechter Soldat, würde ich Fragen beantworten.

Brunnengeplätscher.

PASSANT Trinken wir was?

Brunnengeplätscher.

SOLDAT Trinken wir was.

Brunnengeplätscher.

SOLDAT Den Platz hier habe ich früher schon mal überquert.

Brunnengeplätscher.

SOLDAT Da kam eine Frau auf mich zu –

KELLNER erscheint.

PASSANT Ja, und?

Brunnengeplätscher.

KELLNER *beflissen* Darf ich den Herrschaften schon was zu trinken bringen?

Brunnengeplätscher.

PASSANT Rotwein.

27

Brunnengeplätscher.

KELLNER Montepulciano oder Chianti?

Brunnengeplätscher.

PASSANT *an den SOLDATEN gewandt*
Montepulciano?

Brunnengeplätscher.

SOLDAT In Ordnung.

KELLNER verschwindet.

PASSANT Was war jetzt mit dieser Frau?

Brunnengeplätscher.

SOLDAT Nichts.

Brunnengeplätscher.

PASSANT Nein?

Brunnengeplätscher.

SOLDAT Sie ist schon gestorben –

Brunnengeplätscher.

SOLDAT und über Verstorbene rede ich nicht gerne.

Brunnengeplätscher.

SOLDAT Da habe ich viel zu viel Respekt!

Brunnengeplätscher.

PASSANT *grinsend* Ausgerechnet du, der schon unzählige Menschen ins Jenseits befördert hat.

KELLNER kommt mit einer Karaffe Rotwein und Gläsern.

PASSANT blickt sich mehrmals um.

KELLNER *schenkt ein* Alles in Ordnung?

Brunnengeplätscher.

PASSANT *eine schmerzliche Grimasse schneidend* Wo sind hier gleich wieder die Toiletten?

KELLNER deutet mit der Hand, geht mit dem PASSANTEN in das Lokal.

SOLDAT schaut den beiden hinterher, nimmt einen Schluck, verschnürt seinen Rucksack.

MARTIN erscheint.

Anzug und Krawatte.

Aktentasche in der Hand.

SOLDAT hebt seinen Kopf.

MARTIN bleibt stehen.

SOLDAT *irritiert* Martin?

Brunnengeplätscher.

MARTIN Ich werd verrückt!

Brunnengeplätscher.

MARTIN *marschiert auf den SOLDATEN zu, bleibt stehen* Dass es dich noch gibt!

MARTIN und SOLDAT umarmen sich.

MARTIN Wie geht es dir?

Brunnengeplätscher.

SOLDAT Ich hätte dich fast nicht erkannt.

Brunnengeplätscher.

MARTIN *macht einen Schritt zurück* Schau mich an!

Brunnengeplätscher.

SOLDAT Noch immer der Frauenheld?

Brunnengeplätscher.

MARTIN *auf die Aktentasche deutend* Von wegen!

Brunnengeplätscher.

SOLDAT Und was ist aus der Band geworden?

Brunnengeplätscher.

SOLDAT *reicht MARTIN eine Getränkekarte* Sag schon.

Brunnengeplätscher.

MARTIN *betrachtet die Karte* Nein, lieber nicht.

Brunnengeplätscher.

SOLDAT Wieso?

Brunnengeplätscher.

MARTIN Klaus haben sie den Führerschein abgenommen!

Brunnengeplätscher.

SOLDAT *setzt sich* Was?

Brunnengeplätscher.

SOLDAT Unser Mann am Klavier.

Brunnengeplätscher.

SOLDAT Der war doch Taxifahrer!?

Brunnengeplätscher.

MARTIN Ja, der war mit Freunden auf dem Oktoberfest, und als es ans Heimfahren ging, hat er lautstark verkündet: FAHREN TUE IMMER NOCH ICH!

Brunnengeplätscher.

SOLDAT Nein –

Brunnengeplätscher.

MARTIN DOCH!

Brunnengeplätscher.

SOLDAT Daraufhin hast du die Band aufgelöst?

Handygebimmel.

MARTIN *setzt sich, legt die Aktentasche auf den Tisch* Nein, ich mache weiter.

Handygebimmel.

MARTIN *holt ein Handy aus der Tasche* Ich brauche noch die Bestätigung.

Handygebimmel.

MARTIN *betrachtet das Display* Irgendwie geht es immer weiter!

Handygebimmel.

SOLDAT Ja.

Handygebimmel.

MARTIN *schaltet das Handy aus* Ich habe oft an dich gedacht.

Brunnengeplätscher.

MARTIN An die alten Kracher.

Brunnengeplätscher.

MARTIN SWEET LITTLE SIXTEEN!

Brunnengeplätscher.

MARTIN Wie du das gesungen hast, hat keiner von uns so hingebracht.

Brunnengeplätscher.

SOLDAT Früher war Musik alles für mich.

Brunnengeplätscher.

SOLDAT Aber dann ist doch alles anders gekommen.

Brunnengeplätscher.

MARTIN Du warst ein Supergitarrist!

Brunnengeplätscher.

SOLDAT Längst vorbei.

Brunnengeplätscher.

MARTIN Was machst du denn jetzt?

PASSANT kommt aus dem Lokal, bleibt stehen.

SOLDAT Ich glaube, ich bin abgebrannt.

Brunnengeplätscher.

MARTIN *unbeeindruckt* Na und!

Brunnengeplätscher.

MARTIN Vielleicht hätte ich was für dich.

Brunnengeplätscher.

SOLDAT Ja – und was wäre das?

Brunnengeplätscher.

MARTIN Eine Agentur.

Brunnengeplätscher.

SOLDAT Wie soll das gehen?

Brunnengeplätscher.

MARTIN *mit abschätzigem Blick* Einen Rucksack brauchst du da jedenfalls nicht!

Brunnengeplätscher.

SOLDAT Ich glaube, das könnte mich interessieren.

Brunnengeplätscher.

MARTIN Glauben heißt, nichts wissen.

Brunnengeplätscher.

MARTIN *greift in die Tasche* Ich geb dir mal meine Visitenkarte.

KELLNER kommt aus dem Lokal.

SOLDAT winkt ab.

KELLNER bleibt neben dem PASSANTEN stehen.

MARTIN *geschäftig* Wie viel Uhr haben wir eigentlich?

Brunnengeplätscher.

MARTIN *blickt auf seine Armbanduhr* Was, schon so spät?

Brunnengeplätscher.

MARTIN *steht auf* Überleg es dir.

Brunnengeplätscher.

MARTIN Die Besten kriegen jedes Jahr vom Konzern eine Reise geschenkt!

Brunnengeplätscher.

MARTIN Heuer waren wir in Florida.

Brunnengeplätscher.

MARTIN Auch wenn Kalifornien kulturell mehr zu bieten hat –

Brunnengeplätscher.

MARTIN Florida war toll.

Brunnengeplätscher.

SOLDAT Ja?

Brunnengeplätscher.

MARTIN *setzt sich wieder* Die Vögel und Krokodile, die Everglades!

Brunnengeplätscher.

MARTIN Florida ist ja immer noch halb Sumpf.

Brunnengeplätscher.

MARTIN Wenn du abends vor dem Hotel sitzt, fängt neben dir ein Frosch zu quaken an.

Brunnengeplätscher.

SOLDAT Und Miami?

Brunnengeplätscher.

MARTIN Da waren wir nur eine Nacht.

Brunnengeplätscher.

MARTIN Sind gleich weiter Richtung Norden gefahren.

Brunnengeplätscher.

SOLDAT Alles mit dem Wagen?

Brunnengeplätscher.

MARTIN *grinst* Ich habe mir einen Straßenkreuzer gemietet.

Brunnengeplätscher.

MARTIN *breitet die Arme aus* So ein Riesending!

Brunnengeplätscher.

MARTIN Einmal haben wir in einem Schloss gewohnt.

Brunnengeplätscher.

MARTIN Die Anlage so groß wie eine Kleinstadt!

KELLNER und PASSANT gehen langsam am Eingang hin und her.

MARTIN Das coolste an Amerika sind die Dimensionen.

Brunnengeplätscher.

MARTIN Der Parkplatz vor dem Supermarkt, du glaubst es nicht!

Brunnengeplätscher.

MARTIN Natürlich gibt es auch ein paar Sachen, wo du denkst, blöde Klimaanlage, Mensch, macht doch mal die Klimaanlage aus!

Brunnengeplätscher.

MARTIN Da sitzt du draußen vor dem Hotel, rauchst eine, willst was lesen, und es rattert. Gehst wieder rein, und drinnen rattert es noch lauter. Da gibt es Palmen ringsumher, aber die hörst du nicht, wenn der Wind weht, nichts, nur den Lärm von der Klimaanlage.

Brunnengeplätscher.

MARTIN Trotzdem hätte ich gerne noch eine Woche drangehängt!

Brunnengeplätscher.

SOLDAT Das kannst du ja nächstes Jahr nachholen.

Brunnengeplätscher.

MARTIN Gemeinsam mit dir?

Brunnengeplätscher.

SOLDAT Hört sich gut an.

Brunnengeplätscher.

MARTIN Weißt du, dass deine Eltern gestorben sind?

KELLNER und PASSANT bleiben stehen.

SOLDAT Ich weiß es.

Brunnengeplätscher.

MARTIN Ich war auf der Beerdigung.

Brunnengeplätscher.

MARTIN Es tut mir leid.

Brunnengeplätscher.

SOLDAT Natürlich.

Brunnengeplätscher.

MARTIN Schreibst du noch Gedichte?

Brunnengeplätscher.

SOLDAT Ich erzähl dir ein andermal davon.

Brunnengeplätscher.

MARTIN Du meldest dich?

Brunnengeplätscher.

SOLDAT Ja.

MARTIN nimmt die Aktentasche, verabschiedet sich und geht.

SOLDAT bleibt bewegungslos sitzen.

Brunnengeplätscher.

PASSANT kommt auf den SOLDATEN zu.

SOLDAT streckt sich.

PASSANT Wer war das?

Brunnengeplätscher.

SOLDAT Es gibt wirklich noch Freunde.

Brunnengeplätscher.

PASSANT Tatsächlich?

Brunnengeplätscher.

PASSANT *setzt sich, nimmt einen Schluck* Und was machen wir jetzt?

Brunnengeplätscher.

SOLDAT Wenn ich das wüsste.

KELLNER erscheint.

KELLNER Noch einen Montepulciano?

Brunnengeplätscher.

PASSANT Nein, danke.

Brunnengeplätscher.

PASSANT Zahlen.

KELLNER bringt die Rechnung.

PASSANT *legt einen Geldschein auf den Tisch*
Stimmt!

KELLNER bedankt sich, geht zurück ins Lokal.

PASSANT Da fällt mir was ein.

Brunnengeplätscher.

SOLDAT Was?

Brunnengeplätscher.

PASSANT Ich kenne da noch einen edlen
Schuppen!

Brunnengeplätscher.

SOLDAT Und, was gäbe es da zu sehen?

Brunnengeplätscher.

PASSANT Lass dich überraschen.

Brunnengeplätscher.

SOLDAT Mich überrascht nichts mehr!

Brunnengeplätscher.

PASSANT Nein?

Brunnengeplätscher.

SOLDAT Nein!

Brunnengeplätscher.

PASSANT *mit erhobenem Glas* Also dann –

SOLDAT und PASSANT schauen sich bedeutungsvoll an.

Brunnengeplätscher.

Vorhang.

SEPAREE

Die Bühne stellt ein Separee dar. Plüschsessel und Couch. Champagnerkübel auf dem Tisch. Leise, undefinierbare Musik im Hintergrund. Eine blonde BARDAME in weißem Kleid sitzt neben dem SOLDATEN, PASSANT abseits in einem Sessel. SOLDAT, schon ziemlich alkoholisiert, erzählt von früher, BARDAME hört ihm zu. PASSANT spielt Kellner und Beobachter, schenkt Getränke nach, lässt die Korken knallen.

SOLDAT Früher war alles anders.

BARDAME Stimmt!

SOLDAT Heutzutage zeigt ihr immer gleich alles, heute ist alles erlaubt. So viel, dass es mir schon wieder zu viel ist.

BARDAME schmiegt sich an den SOLDATEN.

SOLDAT Da, wo ich herkomme, gingen die Viehhändler nach dem Viehmarkt immer zu einer speziellen Dame.

BARDAME Ja?

SOLDAT Früher haben sie gesoffen wie die Löcher!

BARDAME Was noch?

SOLDAT Das fragst du?

PASSANT geht zur BARDAME, flüstert ihr etwas ins Ohr.

SOLDAT *streng* Keine Geheimnisse!

BARDAME steht auf, klatscht in die Hände. Eine ROTHAARIGE ANIMIERDAME erscheint, kurz darauf eine SCHARZHAARIGE, beide stellen sich aufreizend hin.

SOLDAT *die Arme ausbreitend* Ich bin unschuldig!

ROTHAARIGE ANIMIERDAME *beugt sich über den SOLDATEN* Keine Chance?

SOLDAT *packt ihre Brüste* Bevor ich Musiker war, hab ich von solchen Frauen bloß geträumt.

ROTHAARIGE ANIMIERDAME fängt zu stöhnen an.

SCHWARZHAARIGE ANIMIERDAME Du Ärmster!

ROTHAARIGE ANIMIERDAME wendet sich wieder ab von ihm.

SOLDAT Ich war das jüngste von fünf Kindern, da gab es nichts zu lachen.

BARDAME und ANIMIERDAMEN rücken näher an den SOLDATEN heran. PASSANT schenkt die Gläser voll.

SOLDAT Zu essen gab es nur so viel, dass es gerade gereicht hat.

BARDAME leckt sich die Lippen.

SOLDAT Ich bin Metzger geworden, aber das habe ich nicht lange gemacht. *Lachend.* Das ist von der Zeit her gar nicht gegangen, wir haben auf jeder Hochzeit gespielt und waren immer unterwegs!

BARDAME legt ihren Arm um den SOLDATEN, nimmt ein volles Glas, flößt ihm Champagner ein. SOLDAT lässt es geschehen.

SOLDAT *lächelt wohlig* Ich war ein gefragter Musiker, und wenn das Fleisch aus war, ist die nächste Sau geschlachtet worden.

BARDAME streicht dem SOLDATEN mit dem Zeigefinger über die Lippen.

SOLDAT Der Metzgermeister war ein Künstler, der hat weit und breit die besten Würste gemacht!

BARDAME blickt den SOLDATEN bewundernd an.

SOLDAT Wenn geschlachtet wurde, bin ich nicht in die Schule gegangen. Zu Hause habe ich gesagt, heute fällt die Schule aus. Ich wollte ja beim Schlachten dabei sein und nicht im Schulzimmer ans Schlachten denken.

SCHWARZHAARIGE ANIMIERDAME *rückt noch näher an den SOLDATEN heran* Willst du?

SOLDAT *saugt sich an der SCHWARZHAARIGEN ANIMIERDAME fest, packt sie an der Hüfte, zieht sie mit einem Ruck übers Knie.* Früher hat es geheißen, welchen Beruf willst du lernen? *Zieht ihren Kopf nach hinten, blickt ihr streng in die Augen.* Ich hab nicht wie erwartet Bauer gesagt, und war schon unten durch. *Unduldsam.* Ja, was willst du dann werden?! *Freudig.* Metzger, hab ich gesagt, vielleicht aus Stolz, Metzger. Ja, Metzger! *Lässt die SCHWARZHAARIGE ANIMIERDAME wieder los.*

ROTHAARIGE ANIMIERDAME Dann hast du ja schon sehr früh das Messer gewetzt?

SOLDAT Ich wollte Metzger werden. Sonst nichts. Ich habe schon als Jugendlicher halbe Schweine durch die Gegend geschleppt!

PASSANT lässt die Korken knallen.

SOLDAT Einmal bin ich nach dem Spielen in der Früh um drei bei einem Wirt in der Küche gestanden. Als ich gehen wollte, fragte mich jemand, was ich arbeite. Metzger, hab ich gesagt. Was, Metzger, dann komm doch zu uns, ich bin Personalchef in einer Autofabrik! Und ich bin Metzger, hab ich gesagt, kein Automonteur. Darauf er: Wir haben zwei Kantinen und eine Riesenmetzgerei, da könnten wir so einen brauchen wie dich. Und schon hatte ich den Posten.

SCHWARZHAARIGE ANIMIERDAME Ah, unser Metzger!

SOLDAT Fußball hab ich auch gespielt.

BARDAME *schielt auf seine Schenkel* Zeig mal.

SOLDAT legt ein Bein auf den Tisch, stülpt das Hosenbein hoch.

BARDAME Sexy!

SOLDAT Aber manchmal wäre ich beim Arbeiten fast eingeschlafen.

BARDAME Nein!

SOLDAT Ich hatte nur Frauen im Sinn. *Zieht der BARDAME das Kleid über die Schulter, schnuppert an ihrem Busen. BARDAME lässt es geschehen, richtet ihr Kleid wieder zurecht.*

SOLDAT Ich hatte eine Arbeit, wo man ständig die gleiche Armbewegung macht, immer der gleiche Rhythmus, fast wie beim Musikspielen.

PASSANT schenkt nach.

SOLDAT Ich habe schon früh angefangen mit der Musik. Ich war vierzehn, als ich zur Freizeitmutti kam. Die hat immer Hausball mit Bierausschank gemacht. SIEBENMAL IN DER WOCHE MÖCHT ICH AUSGEHEN, hab ich gesungen!

ROTHAARIGE ANIMIERDAME SIEBENMAL!

Kurze Pause.

SCHWARZHAARIGE ANIMIERDAME SIEBENMAL!

Kurze Pause.

BEIDE ANIMIERDAMEN DAS IST MEINE LIEBLINGSZAHL!

SOLDAT Das Lied ist mir geblieben, sonst nichts!

ROTHAARIGE ANIMIERDAME Ja?

BARDAME Wie hättest du es denn gerne?

ROTHAARIGE ANIMIERDAME Siebenmal weich und geschmeidig?

SCHWARZHAARIGE ANIMIERDAME Oder dass dir Hören und Sehen vergeht!

PASSANT greift nach der Champagnerflasche.

SOLDAT *lässt sich einschenken, fängt zu lachen an* Was?!

BARDAME Wir sind ein eingespieltes Team.

ROTHAARIGE ANIMIERDAME stellt sich herausfordernd vor den SOLDATEN hin.

SOLDAT Überhebt euch mal nicht.

BARDAME und ANIMIERDAMEN gruppieren sich um den Soldaten. PASSANT schenkt nach.

SOLDAT Es war ein Sonntagnachmittag, der Garten voller Leute, und alle haben gerufen: Sing noch mal AUF KUBA SIND DIE MÄDCHEN BRAUN!

BARDAME UND BRAUN IST DER KAKAO!

PASSANT betatscht die BARDAME.

BARDAME Finger weg.

SOLDAT Lass ihn doch auch mal riechen.

BARDAME Das wird teuer.

PASSANT Wie viel?

PASSANT umarmt die BARDAME, während sie ihm einen Geldschein aus der Tasche zieht.

ROTHAARIGE ANIMIERDAME Und was kriege ich?

BARDAME *dreht sich zur Seite, schiebt den Schein in ihr Dekolletee.*

SOLDAT Ich habe das Kubalied nur ein Mal gehört, und sofort konnte ich es singen.

ROTHAARIGE ANIMIERDAME *beißt den SOLDATEN ins Ohr.*

SOLDAT Wir sind auf die Bühne, und das Publikum hat geklatscht, aber so, dass man wirklich gemerkt hat, da kommt was rüber. Und wisst ihr warum – weil wir eine Leistung gebracht haben!

ROTHAARIGE ANIMIERDAME
schmunzelnd Ah!

SOLDAT Die Fans haben sich gefreut, dass sie tanzen konnten auf die Schlager, die sie gehört haben im Radio. Wir hatten damals schon Elektrogitarren, dass sich jeder gefragt hat: Wie kriegen die den Sound hin? Wir haben so was von lässig gespielt, die Leute regelrecht hypnotisiert.

SCHWARZHAARIGE ANIMIERDAME
beugt sich über den SOLDATEN Hypnotisiere mich!

SOLDAT saugt sich an der SCHWARZHAARIGEN ANIMIERDAME fest.

SCHWARZHAARIGE ANIMIERDAME Ich kann es kaum erwarten – mein Hypnotiseur!

PASSANT holt zwei Geldscheine aus seiner Tasche.

BARDAME Merci Chéri!

Die Tür geht auf, PASSANT und BARDAME beginnen Beifall zu klatschen. Eine aufreizend gekleidete Dame mit Umhängeschild CHEFIN erscheint.

SOLDAT *misstrauisch* Gehört ihr zusammen?

CHEFIN *stellt eine Champagnerflasche auf den Tisch* Für unseren ganz speziellen Gast! *Macht eine laszive Bewegung und verschwindet.*

PASSANT *zur BARDAME* Chéri!

SOLDAT *steht auf* Wo ist die Chefin!? *Verdreht seine Augen, fällt der Länge nach hin.*

Allgemeines Gelächter.

SOLDAT bleibt mit ausgestreckten Armen liegen.

SCHWARZHAARIGE ANIMIERDAME Jesus am Kreuz!

BARDAME bespritzt den SOLDATEN mit Champagner.

PASSANT Und wo ist die Muttergottes?

SCHWARZHAARIGE ANIMIERDAME Wer gibt ihm den erlösenden Lanzenstich?

SOLDAT steht verwirrt auf, fährt sich mit der Hand durchs Haar.

PASSANT Alles in Ordnung?

SOLDAT *drohend* Ihr Schweine!

PASSANT Was!?

SOLDAT zieht den Gürtel an seiner Hose fester, öffnet ihn, stellt sich in Positur.

SOLDAT Wer meldet sich freiwillig?

PASSANT geht zur Seite.

SOLDAT *zeigt auf die SCHWARZHAARIGE ANIMIERDAME* Du!

SCHWARZHAARIGE ANIMIERDAME stolziert auf den SOLDATEN zu, bleibt vor ihm stehen.

SCHWARZHAARIGE ANIMIERDAME *befehlend* SO NICHT!

SOLDAT holt aus.

ROTHAARIGE ANIMIERDAME *streng* NEIN – HIER NICHT!

SOLDAT zieht den Gürtel wieder durch die Hosenschlaufe.

PASSANT Erzähl uns lieber eine Episode aus deinem Leben.

SOLDAT setzt sich wieder.

BARDAME Braves Pferdchen!

SOLDAT *auftrumpfend* Wir haben alle weggefegt. Die alten Herren mit ihren Posaunen und Trompeten wollte doch keiner mehr hören. Wir haben in allen wichtigen Lokalen gespielt!

BARDAME und ANIMIERDAMEN nehmen den SOLDATEN wieder in ihre Mitte. PASSANT lässt die Korken knallen.

SOLDAT Das war die schönste Zeit meines Lebens.

BARDAME Wieso?

SOLDAT Wieso – weil wir jung waren!

PASSANT schenkt die Gläser voll.

SOLDAT Überall, wo wir spielten, war die Hölle los!

PASSANT Warum bist du dann Soldat geworden?

SOLDAT Misch du dich nicht ein!

BARDAME Soldat?

SOLDAT Wir sind überall aufgetreten. Wir waren Musiker mit Ausstrahlung, nicht so gekünstelte Affen wie heute!

ROTHAARIGE ANIMIERDAME Ja, wie alt bist du denn?

SOLDAT So alt, wie ich mich fühle.

ROTHAARIGE ANIMIERDAME Sag doch, mein Husar!

SOLDAT Wenn wir früher auf die Stenz gingen, waren wir eine Woche lang unterwegs!

ROTHAARIGE ANIMIERDAME *hält dem SOLDATEN den Mund zu* Wann früher?

SOLDAT Wenn wir nach Hause kamen, wurde für uns der Bayerische Defiliermarsch gespielt, und die Frauen haben uns noch einmal vernascht!

BARDAME Wo wart Ihr denn?

SOLDAT Überall, und immer mit dem Auto. Von wegen Führerschein. Schwarzfahren war normal. Der Vater hat gesagt, wenn euch die Polizei erwischt, ich weiß von nichts! Das ist alles schon sehr früh losgegangen, zuerst mit dem Bulldog, dann mit dem Auto!

BARDAME Was bist du jetzt: Bulldogfahrer, Metzger oder Soldat?

ROTHAARIGE ANIMIERDAME Enttäusche
mich nicht!

SCHWARZHAARIGE ANIMIERDAME
*stößt mit dem SOLDATEN an, Champagner
schwappt über* Mein Beschützer, mein
Bodyguard!

SOLDAT Das ist noch nicht alles. Ich habe die
klassische Musik studiert.

SCHWARZHAARIGE ANIMIERDAME
streckt ihre Zunge heraus Ah, mein kleiner
Mozart, darf ich mich bewerben bei dir?

SOLDAT Was willst du denn werden?

SCHWARZHAARIGE ANIMIERDAME
gurrend Flötistin!

SOLDAT Nicht spötteln, sonst werde ich wild!
Ich habe viel Bach gehört, weil bei Mozart gefällt
mir die Orchestrierung nicht. Es ist wichtig,
dass man weiß, was einem nicht gefällt. Bei
Mozart klingt alles nach Krieg, dann lieber
schon Händel. Aber man soll den einen nicht
gegen den andern ausspielen. So gesehen gefallen
mir alle drei!

*Licht wird schwächer, indirekte Beleuchtung.
CHEFIN erscheint, stellt eine neue
Champagnerflasche auf den Tisch.*

SOLDAT *schnappt sich die Flasche* Auf die edle Spenderin!

CHEFIN geht auf den SOLDATEN zu, fällt vor ihm auf die Knie. SOLDAT öffnet die Flasche, bespritzt sie mit Champagner.

SOLDAT Aufstehen!

CHEFIN umklammert den SOLDATEN, streckt ihm lüstern die Zunge entgegen, SOLDAT greift ihr ins Dekolletee, leckt ihre nackten Arme, CHEFIN beginnt zu stöhnen, befreit sich wieder.

BARDAME Geil!

SOLDAT setzt sich mit der CHEFIN auf die Couch. ANIMIERDAMEN stolzieren vor ihnen auf und ab.

SOLDAT Ich bin andersrum.

ANIMIERDAMEN grinsen.

SOLDAT Ich bin impotent!

Während der Erwartungstanz der ANIMIERDAMEN weitergeht, packt der PASSANT die BARDAME an den Haaren.

SOLDAT Ich bin pervers!

PASSANT geht hechelnd hinter der BARDAME her.

SOLDAT Ich bin ein Schwein.

BARDAME Noch einmal!

ROTHAARIGE ANIMIERDAME Und führe uns in Versuchung.

SOLDAT Wer zahlt das?

CHEFIN Mein Ferkel!

BARDAME deutet auf den PASSANTEN.

CHEFIN *umklammert den SOLDATEN* Spritz!

SOLDAT Nicht umsonst.

CHEFIN Mir zuliebe!

PASSANT *in Fotografenpose* Ihr seid so was von pervers!

ROTHAARIGE ANIMIERDAME reißt sich das Mieder vom Leib.

PASSANT beginnt zu stöhnen.

SCHWARZHAARIGE ANIMIERDAME
provozierend Wichser!

ROTHAARIGE ANIMIERDAME
Schlappschwanz!

CHEFIN Muttersöhnchen!

SOLDAT *stellt sich in Positur* Ich lasse
euch alle auspeitschen!

*CHEFIN, BARDAME und
ANIMIERDAMEN werfen sich auf
den SOLDATEN.*

ROTHAARIGE ANIMIERDAME Ah,
mein Hengst!

CHEFIN Mein Soldat!

SCHWARZHAARIGE ANIMIERDAME
Mein Held!

*ROTHAARIGE ANIMIERDAME hält den
SOLDATEN fest, CHEFIN reißt ihm das Hemd
vom Leib.*

SCHWARZHAARIGE ANIMIERDAME
Mein Metzger!

PASSANT spritzt mit der Champagnerflasche.

CHEFIN Mein Herr und Gebieter!

SCHWARZHAARIGE ANIMIERDAME
Mein Bodyguard!

ROTHAARIGE ANIMIERDAME Stich uns
ab!

PASSANT hechelnd im Hintergrund.

Dunkelheit.

Vorhang.

CAMPO SANTO

*Die Bühne stellt einen Friedhof dar. Breiter
Kiesweg in der Mitte. Links und rechts schmale
Seitenwege. Eisengeschmiedete Kreuze,
Grabsteine aus Marmor. Am Friedhofsende
unübersehbar ein Kruzifix. Manchmal
Leute mit gefalteten Händen, in Gruppen
nebeneinanderstehend, unterwegs mit
Gießkannen, allein gebückt vor einem
Grab. Der Friedhof macht einen gepflegten
Eindruck. Ein junger Friedhofspfleger
überwacht die Szene. SOLDAT steht am
Eingang, erkennt seine Schwester MARIA
und geht auf sie zu.*

SOLDAT Grüß dich!

MARIA Du bist gerade in die Einbahnstraße
gefahren.

SOLDAT Weil das so wichtig ist.

MARIA Der Friedhofspfleger schreibt dich auf.

SOLDAT Das war doch der Taxifahrer.

MARIA Von mir aus.

SOLDAT *enttäuscht* Was für eine Begrüßung!

MARIA Beruhige dich, Bruderherz.

SOLDAT So habe ich mir das nicht vorgestellt.

MARIA Gehen wir?

SOLDAT Ja.

Beide gehen einen Seitenweg entlang.

SOLDAT Wie oft bin ich wohl schon hier gewesen als Kind?

Eine Frau mit Plastikgießkanne bleibt stehen, nickt MARIA zu und geht weiter.

SOLDAT Waren das damals nicht Blechgießkannen, die wir von zu Hause mitgebracht haben?

MARIA Gießkannen gibt es hier schon längst zum Ausleihen.

SOLDAT *deutet mit der Hand und bleibt stehen* Da war früher ein Kindergrab!

MARIA Nein, das ist jetzt frei.

SOLDAT Was heißt frei?

MARIA Das kannst du dir ja denken.

SOLDAT Da ist die Stelle, das weiß ich genau.

MARIA Wo?

SOLDAT *deutet wieder mit der Hand* Hier war früher ein Kindergrab!

MARIA Das gibt es nicht mehr.

SOLDAT Wieso nicht?

MARIA Weißt du denn nicht, wie teuer das ist?

SOLDAT Nein.

MARIA Das kostet heute dreimal so viel.

SOLDAT Dafür ist es plattgewalzt.

MARIA Viel schöner jetzt!

SOLDAT und MARIA gehen weiter.

SOLDAT Früher war das Natürliche noch natürlich, dafür kostet es heute dreimal so viel und wird als etwas Besonderes hingestellt!

MARIA Sei nicht so negativ.

SOLDAT Bin ich das?

MARIA *durch die Zähne* Rechthaber.

SOLDAT und MARIA bleiben vor einem Grabstein stehen.

SOLDAT Wer war das gleich wieder?

MARIA Erinnerst du dich an Rosa?

SOLDAT Rosa?

MARIA Die in der Kirche das AVE MARIA so schön gesungen hat.

SOLDAT Was, die gibt es auch nicht mehr?

MARIA Vor fünfzehn Jahren gestorben.

SOLDAT Und wo ist das Grab von Elisabeth?

MARIA Gleich daneben.

SOLDAT macht einen Schritt zur Seite, bückt sich.

MARIA Was ist?

SOLDAT Kein Weihwasser.

MARIA Warte!

MARIA geht zum FRIEDHOFSPFLEGER.

SOLDAT holt das Foto aus seiner Jackentasche, platziert es neben dem Grabstein.

MARIA kommt mit leeren Händen zurück.

SOLDAT Und?

MARIA Es gibt keines mehr, erst morgen wieder.

FRIEDHOFSPFLEGER erscheint, stellt ein Glas Weihwasser ans Grab.

FRIEDHOFSPFLEGER Ich habe noch eines gefunden.

MARIA Danke!

FRIEDHOFSPFLEGER verabschiedet sich.

SOLDAT Ist der schon lange hier?

MARIA Seit einem Jahr.

SOLDAT Wieso?

MARIA Weil die Diebstähle so überhandgenommen haben!

SOLDAT Wenn es so weit ist, lasse ich mich verbrennen.

MARIA Urnengrab?

SOLDAT Im Meer verstreuen.

MARIA Wirklich?

SOLDAT und MARIA gehen auf den Hauptweg hinaus.

SOLDAT Das große Kreuz stand früher auch woanders!

MARIA Das wurde nach hinten versetzt, damit sie mit dem Leichenwagen besser reinfahren können.

SOLDAT *deutet auf einen Grabstein, bleibt stehen* Den kenne ich! Ist der vielleicht auch schon gestorben?

MARIA Nein, der hat sich sein Grab jetzt schon gekauft.

SOLDAT *hämisch* Mit Namen und Brustbild, fehlt nur noch das Sterbedatum!

MARIA Angeblich lässt er das Foto nicht mehr runtermachen, in der Zwischenzeit könnte ihm ja was passieren, und die Verwandtschaft hätte einen Haufen Arbeit. So wie er da aussieht auf dem Bild, gefällt er sich wahrscheinlich.

SOLDAT *kopfschüttelnd* Der soll sich lieber freuen, dass er noch am Leben ist!

MARIA Jetzt besuchen wir aber das Grab von der Oma.

SOLDAT und MARIA gehen weiter den Hauptweg entlang.

SOLDAT Als ich vorhin auf der Hauptstraße gestanden bin, hab ich vor mir die Hügel gesehen. Aber glaubst du, ich hätte mich erinnert, dass es sich um Großhohenried handelt? Ich dachte schon: Jetzt bist du wirklich alt!

MARIA Wahrscheinlich hast du deine Brille vergessen.

SOLDAT Hör bloß auf, vor Kurzem hab ich noch nicht gewusst, was ein ROLLATOR ist, erst seit ich im Lazarett einen Soldaten gesehen habe damit, weiß ich, was es ist.

SOLDAT und MARIA bleiben vor einem aufgeschütteten Grab mit Holzkreuz stehen.

MARIA *erklärend* Das war eine junge Arzthelferin.

SOLDAT beginnt zu husten.

MARIA Autounfall. Man weiß nicht genau, wie es passiert ist. Die Polizei vermutet Sekundenschlaf.

SOLDAT zieht ein Taschentuch aus der Jacke, wischt sich den Mund ab.

MARIA Sie haben den Arzt, bei dem sie Assistentin war, an den Unfallort geholt. Daraufhin hat er so starke Depressionen bekommen, dass er vierzehn Tage lang nicht mehr in der Praxis erschienen ist.

SOLDAT und MARIA gehen ein paar Schritte, bleiben wieder stehen.

MARIA Hier ist das Grab von Franziska. Daneben das von Onkel Hans.

SOLDAT Und wo ist die Oma?

MARIA Du meinst ihr Grab?

SOLDAT Natürlich, ich bin schon ganz wirr.

FRIEDHOFSPFLEGER erscheint, bleibt vor MARIA stehen.

FRIEDHOFSPFLEGER Noch einen Wunsch?

MARIA Nein, vielen Dank!

FRIEDHOFSPFLEGER verschwindet.

SOLDAT und MARIA gehen weiter.

SOLDAT Ist das ein Wichtigtuer.

MARIA Nein, das ist ein ganz Lieber. Schau, die Kränze da drüben, die waren vor der Beerdigung falsch beschriftet. Da hat er sich gleich eingesetzt, dass sie korrigiert wurden.

SOLDAT und MARIA erreichen eine Bank und setzen sich.

MARIA Wie lange warst du gestern noch bei deinem Freund?

SOLDAT schaut verwundert.

MARIA Er hat mich angerufen.

SOLDAT Weißt du schon wieder mehr als ich?!

MARIA Machst du das jetzt mit der Versicherung?

SOLDAT lehnt sich zurück.

MARIA Sag schon.

SOLDAT *streckt seine Beine aus* Allmählich werde ich müde.

MARIA Das Grab der Eltern schaust du dir aber schon noch an!

SOLDAT So war das nicht gemeint.

Zwei Friedhofsbesucherinnen gehen vorbei und grüßen.

MARIA Ich habe mir bei IKEA einen roten Teppich gekauft.

SOLDAT schließt die Augen.

MARIA Ich wollte etwas Farbe in mein Zimmer bringen.

SOLDAT IKEA?

MARIA Die jungen Leute fahren alle da hin.

SOLDAT *abschätzig* Die jungen Leute?

MARIA Ich fühle mich noch nicht alt!

SOLDAT Hab ich das gesagt?

MARIA Für einen Teppich, der bald Flecken haben wird, tut es einer von IKEA auch, hab ich gedacht.

SOLDAT räuspert sich.

MARIA Was ist?

SOLDAT *atmet schwer, schwankt, hält sich an der Bank fest* Nichts!

MARIA Unsere Nachbarn haben immer gesagt, dass wir zwei uns so gut verstehen!

SOLDAT Ich weiß, das war die Zeit, als Mutter nur gejammert hat. Aber sie hat sich dann doch nicht scheiden lassen.

MARIA Was du noch alles weißt.

SOLDAT Ja, und als mich der Vater rausgeworfen hat, hab ich gedacht, das überlebe ich nicht!

MARIA schaut betroffen zur Seite.

MARIA Ich wollte einmal mit den Eltern reden, wirklich reden! Weil irgendwann haut es den Vater um, hab ich gedacht, was machen wir dann? Du warst ja weit weg, niemand hat gewusst, wo du bist. Ich habe mich informiert wegen der Pflegestufe. Lassen wir etwas Geld auf ein Konto laufen, hab ich gedacht, wenn wir es brauchen, in Ordnung, wenn nicht, umso besser.

SOLDAT Wollte er etwa in ein Pflegeheim?

MARIA Mutter war einmal in einem Heim. Da hab ich gestritten mit dem Personal.

SOLDAT Warum?

MARIA Weil die die Menschen nicht so pflegen, wie man es sich wünscht als Familienangehöriger. Aber ihr hat es gefallen. Von heute auf morgen ist es ihr besser gegangen. Also hat sie gemeint, den Vater würde sie auch gerne in ein Pflegeheim geben.

SOLDAT und MARIA stehen auf.

MARIA Erinnerst du dich noch an Bruno? Der war seinerzeit Vorstand im Kirchenbeirat. Der hat sich um sie gekümmert, sie oft besucht im Pflegeheim.

SOLDAT Nein, an den erinnere ich mich nicht.

SOLDAT und MARIA gehen den Hauptweg entlang.

SOLDAT Weil du Kirchenbeirat sagst. Ich hab gar nicht gewusst, was da alles zur Kirche gehört!

MARIA Wieso?

SOLDAT Ein Bekannter hat mir erzählt,
sie hätten sechzig Jahre lang einen Pfarrer
gehabt.

MARIA Schön!

SOLDAT Als sich dann der Pfarrer zur Ruhe
gesetzt hat, kam ein junger Priester aus Kroatien.
Den haben alle geschnitten, der Kirchenbeirat
und der alte Pfarrer auch, weil er sich so streng an
die Regeln gehalten hat. Das muss man sich mal
vorstellen, der ganze Kirchenvorstand hat sich
aufgeregt, und in der Zeitung, jede Woche
ist ein Bericht darüber erschienen. Eine
Schlichtungsstelle hat es auch gegeben,
aber nichts ist passiert.

MARIA Die Zeitungen schreiben viel.

SOLDAT Daraufhin ist der Kirchenbeirat samt
Kirchenvorstand aus der Kirche ausgetreten. Die
haben es tatsächlich fertiggebracht, dass der
Priester aus Kroatien nach sechs Monaten
entlassen wurde!

MARIA Bitte, hör auf mit diesen Geschichten!

SOLDAT Erinnerst du dich, wie der Vater den
Hof aufgeben musste, die ganze Zeit war er als

Hilfsarbeiter unterwegs. Hat ihm da etwa die Kirche geholfen?

MARIA Das stimmt nicht, er hat immer eine Beschäftigung gehabt, er hat alles gemacht, das weißt du bloß nicht. Der war in seiner Werkstatt, den hat man oft tagelang nicht gesehen.

SOLDAT Und die Mutter war krank.

MARIA Nein, die Mutter hat gearbeitet! Nur kam dann die Geschichte mit ihrer Hüfte. Wie sich das schon anhört, hat sie gesagt, Hüfte! Sie wollte nicht darüber reden. Das war ihr peinlich. Da hat der Arzt gesagt, Arthrose, drei Wochen Kur! Und auf einmal hat sie keine Schmerzen mehr gehabt.

SOLDAT *verwundert* Das höre ich heute zum ersten Mal.

SOLDAT und MARIA gehen auf ein Grab zu.

MARIA Da ist es.

SOLDAT Das Grab der Eltern?

SOLDAT und MARIA bleiben stehen.

SOLDAT *schließt die Augen* Das ist es also, und ich weiß nicht, was ich sagen soll.

MARIA Du musst ja nichts sagen.

SOLDAT spritzt mit einem Tannenzweig Weihwasser übers Grab.

SOLDAT Schön ist er, der Grabstein.

MARIA Darüber müssen wir noch reden.

SOLDAT schlägt mit der Hand ein Kreuz.

SOLDAT Über was?

MARIA spricht so leise, dass man sie nicht versteht.

SOLDAT Was, wie viel?!

MARIA wiederholt beschwichtigend die Summe.

SOLDAT *kleinlaut* Und wo ist das Grab vom Vetter Sepp?!

MARIA Auf der anderen Seite!

SOLDAT UND MARIA gehen einen Seitenweg entlang.

MARIA Hier ist es.

SOLDAT und MARIA bleiben stehen.

SOLDAT Alles so unübersichtlich.

MARIA Damals wurde noch was dazugekauft.

FRIEDHOFSPFLEGER erscheint, verabschiedet sich von MARIA.

MARIA Wenn wir den nicht hätten, wäre es hier nicht so schön.

SOLDAT Und, wo ist jetzt das Grab?

MARIA Direkt vor dir!

SOLDAT Bist du sicher?

MARIA Natürlich!

SOLDAT Da stehen aber so viele Namen auf dem Grabstein, die ich nicht kenne.

MARIA Warte.

MARIA geht den Seitenweg entlang, kehrt kopfnickend wieder zurück.

MARIA Doch, das ist es.

SOLDAT *verwundert* Das ist also das Grab vom Vetter Sepp?

MARIA Ja!

SOLDAT Den Vetter Sepp hab ich gerne gehabt. Das war ein ganz lieber Mensch.

FRIEDHOFSPFLEGER geht an ihnen vorbei.

SOLDAT Ich dachte, der wäre längst verschwunden?

MARIA Nicht so laut!

FRIEDHOFSPFLEGER *sich entschuldigend* Ich habe meine Schlüssel vergessen.

SOLDAT fängt zu husten an, fasst sich mehrmals an die Brust.

MARIA Was ist?

SOLDAT Was soll sein?

SOLDAT taumelt, fängt sich wieder.

MARIA *erschrocken* Du bist ja ganz weiß!

SOLDAT geht in die Knie.

MARIA *verunsichert* Was ist?

SOLDAT fällt zu Boden.

MARIA ruft den FRIEDHOFSPFLEGER.

FRIEDHOFSPFLEGER kehrt zurück, beugt sich über den SOLDATEN.

FRIEDHOFSPFLEGER Was ist passiert?

SOLDAT liegt bewegungslos neben dem Grab.

FRIEDHOFSPFLEGER blickt fragend zu MARIA auf.

MARIA *fordernd* Haben Sie kein Telefon – schnell, den Notarzt!

FRIEDHOFSPFLEGER holt ein Handy aus der Tasche.

MARIA *kniet neben dem SOLDATEN* Machen Sie schon!

FRIEDHOFSPFLEGER steht auf, telefoniert.

MARIA *verzweifelt* Was ist?

FRIEDHOFSPFLEGER Vielleicht haben wir Glück.

MARIA *trommelt auf den SOLDATEN ein* Liebes, böses Kind!

Friedhofsbesucher gehen vorbei, bleiben stehen.

FRIEDHOFSPFLEGER Wer ist das eigentlich?

MARIA *unter Tränen* Mein Bruder.

Friedhofspfleger geht zur Seite.

MARIA So machen Sie doch!

Sirenengeheul aus der Ferne.

MARIA Schnell!

FRIEDHOFSPFLEGER *eilt zum Eingang* Sie kommen!

Überlautes Sirenengeheul.

Intervallartiges Neonlicht.

Dunkelheit.

Stille.

Schauspieler summen die Melodie von „The Ballad of the Green Berets". Sehr bewegt. Unmerklich leiser werdend.

- E N D E -

ADELHARD WINZER
KRETHI UND PLETHI
DAS KORKENSPIEL
ZWEI STÜCKE. 2019. 124 SEITEN
BOD – BOOKS ON DEMAND, NORDERSTEDT
ISBN 9783750414716
AUFFÜHRUNGSRECHTE:
CANTUS THEATERVERLAG, ESCHACH

KRETHI UND PLETHI
DRAMOLETT

Ein Stück, das die Sprache zum Mittelpunkt hat.
Befangenheit und Vorurteile der Menschen.
Keine zwingende Handlung. LAYLA
(schwarzhaarig) und SABRINA (blond),
einheitlich gekleidet, sitzen
Rücken an Rücken auf einer Bank,
reden über eine fremde Person, stehen auf,
gehen im Kreis, deuten mit den Händen,
vermeiden es, sich dabei anzuschauen.
Ort des Geschehens: Ein Kirchenplatz.
Bühnenlicht, das, während sie sprechen,
allmählich schwächer wird und den Schatten
des Kirchturms näher bringt. Bewegungen
und Gesten sollen nicht übertrieben wirken.
Freier Redefluss. Dazwischen kurze und längere
Pausen. Keine strenge Regieanweisung, die
Inszenierung liegt in der Hand des Regisseurs.
LAYLA und SABRINA telefonieren in den Pausen:
nehmen Anrufe entgegen, die sie mit JA oder NEIN
oder SOWIESO beantworten, oder sie schreiben
SMS auf ihren Handys, murmeln Unverständliches
dabei, schminken sich oder blättern in Illustrierten,
gähnen, schauen neugierig um sich, manchmal auch
verängstigt. Beide treten sehr selbstsicher auf –
aber nicht überheblich.

ADELHARD WINZER
KRETHI UND PLETHI
DAS KORKENSPIEL
ZWEI STÜCKE. 2019. 124 SEITEN
BOD – BOOKS ON DEMAND, NORDERSTEDT
ISBN 9783750414716
AUFFÜHRUNGSRECHTE:
CANTUS THEATERVERLAG, ESCHACH

DAS KORKENSPIEL
DRAMA

Ein Leben ist immer zu kurz
für ein ganzes Leben

Alf und Bianca haben ihre Stadtwohnung
aufgegeben und versuchen in einem
abgelegenen Bauernhof auf dem Land sesshaft
zu werden. Eines Tages bekommen sie Besuch
von Gitte und Ernst, einem befreundeten Paar
aus der Stadt. Sie machen es sich bei Kaffee,
Kuchen und Wein im Garten bequem, erzählen
von ihren Reisen nach Asien, Österreich, Italien,
Mexiko und New York. Während Alf und
Bianca sich gegenseitig die Beweggründe ihres
Neuanfangs zu erklären versuchen, schwärmen
Ernst und Gitte von der ländlichen Umgebung.
Dabei stellt sich heraus, dass Alf und Bianca
von ihrem neuen Nachbarn dominiert werden,
die angebliche Idylle nur täuscht, alle
vier sich im Grunde nichts zu sagen haben.
Ein harmlos erscheinender Nachmittag
auf dem Bauernhof, bei dem es am Abend
zur Katastrophe kommt.

ADELHARD
WINZER
LÜGENGESCHICHTEN
2018. 132 SEITEN
BOD – BOOKS ON DEMAND,
NORDERSTEDT
ISBN 9783752862102

Der Mond hat sieben Türen, sprach das Kind.
Ich lebe nicht hinter dem Mond, erwiderte
der Mann. Du hast keine Ahnung, meinte
das Kind, wenn der erst mal seine Hintertüre
aufmacht, beginnen die Menschen zu wackeln.
Von wegen wackeln, sagte der Mann. Ja,
wenn der Mond wirklich wollte, könnte
er die ganze Welt überschwemmen,
aber er hat Mitleid mit uns, vor allem
mit den alten Leuten. Ich bin nicht alt,
entgegnete der Mann. Für ganz Alte, sagte
das Kind, macht er die Vordertüre auf,
dort können sie hineingehen! Und das
Kind verschwand wie es gekommen war.
Blödsinn, dachte der alte Mann, drehte sich
auf die andere Seite, und konnte doch nicht
einschlafen. Seine Gedanken begannen
um den Mond zu kreisen, um die Erde,
um alte Leute. Schließlich träumte er,
durch eine große weite Türe zu gehen.
Alle Menschen machten ihm Platz,
verbeugten sich und riefen:
Wo warst du denn die ganze Zeit!

ADELHARD WINZER
DIE SPRACHGRENZE
GESCHICHTEN, 2018, 184 SEITEN
BOD – BOOKS ON DEMAND, NORDERSTEDT
ISBN 9783746087429

In mehr als hundert ineinandergreifenden
Geschichten (die längste hat elf Seiten, die
kürzeste vier Zeilen) wird anhand der Parabel,
der Groteske, der Fabel und der Übertreibung
von Personen und Ereignissen berichtet,
denen allen gemeinsam die Thematik
„In der Fremde" zugrunde liegt. Skizzenhaft,
lakonisch, phantastisch überhöht,
bis an die Grenzen der Erzählbarkeit.

„Ihre Texte haben lange auf meinem Schreibtisch
gelegen und ich habe immer mal wieder
hineingeschaut. Der Titel ‚Sprachgrenze' ist
total richtig gewählt. Alle Texte machen vor
etwas Halt – eine Wand? Ein Absturz? Ein Paradies?
Das wirkliche Leben? (was immer das ist). Man
wartet auf einen Durchbruch, aber er kommt nicht.
Sehnsuchtstexte! Sehnsucht sehnt sich nach
Erlösung. Aber was könnte das sein?
Gott? Die Liebe? Die Tat?"
Ruth Rehmann in einem Brief an Adelhard Winzer

„Deine Geschichten sind klasse,
sie ziehen den Leser in den Bann,
sind erschreckend ehrlich und hart,
sprachlich fein gesponnen."
Thomas Felber, Buchhandlung Lentner, München

„Ich finde Ihr Werk rundherum gelungen."
Wolfgang Weinkauf

ADELHARD WINZER
ITALIENISCHE SKIZZEN
PROSA
2020. 136 SEITEN
BOD – BOOKS ON DEMAND,
NORDERSTEDT
ISBN 9783750403208

*Der Strand war menschenleer,
der Mond spiegelte sich im
Meer. Ich war hellwach,
fing zu schreiben an.
Es war eine Nacht voller
Einfälle, Gedankensprünge.
Ich wurde nicht müde.
Der Tag hatte noch
nicht begonnen.*

„Adelhard Winzers Skizzen benötigen
nur wenige Sätze und Zeilen, um eine
besondere Atmosphäre einzufangen,
über ein Empfinden Auskunft zu geben,
ein Erlebnis zu schildern oder einer
früheren Kränkung nachzuspüren.
Die Reflexionen aus einem an Erfahrungen
überreichen Leben schwingen zwischen den
Themen Sprachlosigkeit und Geschwätzigkeit,
Einsamkeit und Geselligkeit, Zweifel und
Gewissheit. Zudem erweist sich Winzer
als genauer Beobachter menschlicher
Schwächen, der eigenen genauso wie
denen der anderen. Über allem weht ein
Hauch von Melancholie, vermischt
mit italienischer Leichtigkeit."
Isa Schikorsky